SV

EA
8,-
W0241434

Karin Kiwus
Angenommen später

Gedichte

Suhrkamp Verlag

Erste Auflage 1979
© Suhrkamp Verlag Frankfurt am Main 1979
Alle Rechte vorbehalten
Druck: Poeschel & Schulz-Schomburgk, Eschwege
Printed in Germany

I

Morgengrauen

Vorangekommen
selbsttäuschend ähnlich
den Verkleidungen wechselnder
Jahreszeiten deines Lebens
als Jäger immer nur
die Weite gesucht
und die anderen wie wild

Atemlos langsam
die Hunde neben dir
ohne Spur die Falken
befallen vom grauen Star
die Flinten rostig verschorft
das Fernrohr unverstellbar
im Rücken die jagende Meute
ähnlich selbsttäuschend
in anderen Kostümen

Davonlaufen etwa
die Fahne einholen
das zerfetzte Wappen deine
angeschossene Lunge hellrot
verbergen in einem Schoß
Kaninchenfell auf die Unschuld
hoffst du die träumende
wird man nicht zielen

In einer Höhle sicher
bleibt die Zeit
nicht
zu leben
steh auf stell dich
wie eine Vogelscheuche
ins freie Feld

Mein Blatt in der Hand

Dieser Ring
wird bedeutet
ist sehr wichtig im Bild
blau
ein kräftiger Tupfer
lichtblau und gold
heraufbeschworenes
Skarabäussiegel
innen
aber
im Schatten der Hand
bin ich auch
eine gezinkte Herzkönigin
die in jedem Spiel
zögernd
geraniumrot auf den Tisch kommt
kaum mehr gewinnt
sich bald
hinter dem Joker versteckt
und lacht
lacht
über viele Runden

Vita contemplativa

So ein
kleines Leben
und
zwei so
große Brillen
jedes Ereignis
an sich
zu betrachten

prae und post

Tiefster Sommer

Felder entlang gelbe Dörfer
Hügel ruhende Generationen hinab
finde ich haltlos entfernt
mir eine Landschaft voraus
Familiensitze hinter Sonnenblenden
aus welschem Korn Wiesen
nur Wiesen dürften hier sein
und über dem Teich
ein fürstlicher Kamelienschoß
der sich im Glashaus öffnet
fleischfressende Pflanzen
sind wir alle stößt sie
bei der Geburt ihrer Söhne hervor
während die Jungfern im Turm
an Fledermäusen ersticken
und von der Schloßorgel her
heilig kräftige Gegenharmonien
die Durchführung des Kriegs leugnen

Im Nebengebäude klafft unerfahren
die Zeit Kinder schmettern Granaten
wie Golfbälle von den Simsen bleich
auf der Schwelle Magister Müller nun
mit dem Wundbenzin aus Wildon
zwischen den Fichten draußen hängen
die Sieger frei über der Jazzmusik
georgische Knechte hämmern Brautschmuck
aus alten Münzen und die Rollenbücher
zerblättern im abgebrannten Theaterpavillon

Wenn abends bei allen Sommerfesten
die Eckfenster spiegeln wie noch
gezeugt und geboren wird junge Frauen
sich schwer über die Bänke breiten
Pokale umlaufen und mächtige Karpfen
ein Walzer über die Dielen zerrt
wird mir die Haut des Backhuhns plötzlich
beinfarben am Rücken kleben und starr
sehe ich Krampfadern pulsieren
in nackten Glühbirnen unter den Linden

Drüben geht jetzt Rosalie
die Köchin durch den Mond
Frösche am Rocksaum Wassernüsse
im Haar unter dem Brusttuch
eine Handvoll ewiges Licht
für Franz Lebenssorger
mein mieselsüchtig
verdämmerndes
Eintagekind

Patience

Unermüdlich
unter der eisernen
Uhr am Bahnhof
vertreibe ich meine Zeit

decke Schlafende auf
die mich durchfahren
in plombierten Zügen

Gnadenlos begutachtet

Montiertes Andachtsbild weltlich
Mitte bis Ende 20. Jahrhundert
Tempera auf Fichtenholz
Maße bedingt variabel
ungenannter Privatbesitz

Im Vordergrund dominierend
ein verzerrt erzählfreudiger
Schmerzensmann auf der Wolke
darunter verselbständigt
sechs abgeweinte Marien
von subtiler Unbeholfenheit

Komposition und Sinnzusammenhang
einsehbar gestört
nach Ölübermalung
der wahren
ursprünglich alleserfassenden
Schutzmantelmadonna
im Hintergrund

Fragile

Wenn ich jetzt sage
ich liebe dich
übergebe ich nur
vorsichtig das Geschenk
zu einem Fest das wir beide
noch nie gefeiert haben

Und wenn du gleich
wieder allein
deinen Geburtstag
vor Augen hast
und dieses Päckchen
ungeduldig an dich reißt
dann nimmst du schon
die scheppernden Scherben darin
gar nicht mehr wahr

Nicht zu stillen

Hart
einander
verfolgend
auf der Suche
                    nach jenen
   einfühlsamen
                         leise duftenden
       Merkmalen einer Verwandtschaft
finden die Frauen
                         Männer
die von nichts etwas wissen wollen
in ihrer kindischen Plattheit
und die Männer
                         Frauen
die den Krebs schon hinter sich haben
nur noch lederne Weinbeutel unter der Bluse
mit einem schäbigen Rest angesäuertem Roten

En passant

Bei laufendem Motor im Parkhaus
am Rand meiner Innenstadt
ist die Zeit gerade kurz
genug dich wie damals
kaum zu erkennen

Es gibt wenig zu sagen
ich lebe soweit
wie ich mir gefalle
und du planst
eigentlich
nichts Neues

Beim Anfahren
vibriert jetzt dein
Körper in mir das
war es auch schon

Aus heiterem Himmel

Im verdunkelten Zimmer
  am Nachmittag
    vor dem dritten Sommer
haben die Vögel
  mit einem einzigen Luftzug
    den Geburtstagstisch leergefegt
der Puppe
        nach meinem Ebenbild
  grasgrüne Augen zerhackt den Brei
    schräg über die Wicken in Kakaobecher gespuckt
  Honigkerzen wie Würmer verschlungen
    und das Monogramm auf dem Löffel
  fortgeprägt in ein nie beglaubigtes Silber

Kaum eine Spur mehr am Himmel draußen
  mein Atem entwarnt die Jalousien hochgezogen
    die Gaben scheinbar seit langem ersetzt
und doch knie ich wieder
                unverwandt
  suchend in der gleichen Tür
spüre die blanke Sonne jetzt
  sich stählern näherfressen durchs Parkett
    eine schrille heißgelaufene
      Kreissäge
            schärfer
                sengender
          dieses rasend selbstgetriebene

Messer das mich köpfen wird
    wenn ich einmal nur schwanken
und fallen sollte um neunzig Grad

Unschärfe

Übermogen
würde ich gern
übermütig sein
aber dann
wenn ich denke
wieviel Zeit noch vergehen wird
glaube ich fast
heute sei vorgestern
und ich würde überhaupt nie mehr
Atem übrig haben für ein Lachen
das die Kehle aufreibt
oder auch
wenn es endlich soweit wäre
alles herausbrechen zu lassen müßte ich
das Jauchzen für ein Schluchzen
halten mich wundern
über meine Unvorsichtigkeit
und
was ich herbeigesehnt habe
bereuen

Operation Love-Letter

Deine Schreibmaschine
                                        Lieber
   ist ein Dum-Dum-Geschoß
in der Seelenachsenlinie
   ideal geradezu
                                  schießen sich
      diese Typen auf mich ein
   zersprengen und pflanzen
      Fliederbeerdolden
         bleiern
            unter die Haut

Zur Feier des Tages X
                                      werde ich
   wohl kaum meine Stellung halten
      ein wenig über die Stränge schlagen
am Morgen danach mich
   grau und braun aus dem Staub winden
vorübergehend Schutz suchen
   in einem Panzerwagen am Weg
      während in den Höhen draußen
   Kampfjäger vom Modell Tetanus
weiterhin die Schallmauer durchbrechen

Später erst
             lange nach der Entwarnung
   schicke ich dir
      einer plötzlichen Eingebung folgend

die Ansichtskarte meiner befreiten Natur
  erteile von hier aus nun
    ohne jede Attacke als eine Art
Kommando aber wenn du so willst
  handschriftlich die Lektion
    deinerseits doch noch zu üben
      dich selbst
               wie andere
        leben zu lassen
    bis du es ausführen kannst
      by heart

Aussichten

Im schwarzbraunen Wasser-
spiegel der Regentonne
tauchen Augen auf
die sich umsehen
nach gleichmäßig
verschwimmenden
Jahresringen

Nebenwirkung

Ekel-
erregend wie die Ruhe
mir zusetzt dieser
falsch verschriebene
starr und feist
wuchernde
Frieden

Atem-
beraubend wie im Hals
ein Fettkloß mich würgt
die herausdrängende Brühe
inwendig
durch die Speiseröhre platzt
mein Blut trübt und mir
die Lungenflügel verklebt

Körper-
lösend wie ich am Tropf
hänge prall eitrige Egel und
Hohlnadeln zwischen den Rippen
wie die Jauche allmählich sich
absaugen läßt bis ich zuletzt
trockengelegt bin und leer
vollkommen leer

Später
in einer zweiten Zeit
werde ich dahocken
wie ein Leguan
reglos scheinbar
versteckfarben
hornbewehrt
ein unbezwingbares Faltengebirge Haut
in den Augenhöhlen nur noch
südlich hell flackerndes
Licht
das sich immer
weiter
nach innen
entfernt

Phantom

Wenn nichts mehr
übrigbleibt außer
einer Müdigkeit
die sich wortlos
allein
zurückziehen will von allem

dann wäre es vielleicht
doch gut manchmal
wenigstens
einen Namen
zu wissen den man
murmeln könnte
ohne im geringsten
eine Erscheinung
noch zu erwarten

Living Room

An gläsernen Abenden
während ich spreche
rücken über die Zelle ums Telefon hinaus
sich langsam Wände zurecht
und es scheint auf einmal
so etwas wie meine Wohnung zu geben

Vor dem Schatten der Buche draußen
schleifenden Blättern auf dem Balkon
ist im Wind eine Tür zugefallen
hart blechern die Fensterscheiben
kurzes Fagott zwischen den Dielen
aus einem zerrupften Schwalbennest
deine kleine verschwindende Stimme nun
komm schon gib einen Klagelaut
gar keine Herztöne heute nur
Schrittmacher wieder der unangleichbaren Zeit
Messingzeiger römische Ziffern entlang
Repetieruhr links in der Westentasche
am Armgelenk rote Warnsignale
was knackt denn da in der Leitung
kannst du Nüsse mit einer Hand
oder dehnt sich die Heizung bei mir
wo ist dein Atem geblieben nichts höre ich
als den asthmatischen Kühlschrank
die Katze jagt ihre Plastikente
und der Regen auf dem Dach
rattert wie meine Nähmaschine

klingelt es gerade bei dir oder kommt das
von drüben vom Taxistand an der Ecke
wieso denn mit vollem Mund kaue nur
auf einer fremden Pfeife herum werde noch
fließend jammern daß dir die Ohren klingen
was hätte ich wohl zu feiern was hier
prickelt und perlt ist eine Kopfschmerztablette
warum lachst du plötzlich was hast du
vor Augen wonach kramst du ewig
in den Zeitungen neben dem Sessel
meinst du die Bilderserie von Liebig Company's
Hamlet das offene Grab und der Schädel
oder die Montgolfiers in den Lüften
endlich auch diesen Cohen abstellen
milder Sermon kann einem manchmal schon
auf die Nerven gehen vielleicht aber
sind wir besonders empfindlich heute müde
seit langem einfach nur müde und aufgerieben
wie zugewachsen wirkt jetzt dein Hals
und ich hörst du mich knarren
verspannt bin ich und stumm
ein paar Seufzer zum Schluß
unser Erkennungs- und Pausenzeichen
jedem schnell eine karge Nacht und danach
wenn wir es schaffen die hell und scheu
bodenlos durchwachten Betäubungen

Von weit her alles
ins Haus geliefert
und eingerichtet für eine Nähe
ich bezahle auch
für das Schweigen am Tag

wenn ich später erst rede
mit dir und mir
immer
über unsere Verhältnisse

Nichts gelernt

Mein erster Schultag wieder
und Kinder auf dem Hof
die sich zu zweit in einer Reihe
aufstellen hinter der Lehrerin

Wie schnell sie alle
ordentlich beieinander sind
nur ich weiß nicht bleibe
zögernd am Rand mit mir
dort noch ein Junge den ich
ganz einfach übersehen will

Klein ist er irgendwie mager
sein Mantel hat einen Samtkragen
fast keine Knöpfe mehr und ist
von oben bis unten bekleckert
in seine Schuhe sind vorn Löcher
geschnitten für die großen Zehen
sein Gesicht ist bleich kittfarben
bleich er hat maronenbraun strähnige
Haare ein dickes triefendes Licht
unter der Nase und blaue Lippen

Er schaut jetzt herüber zu mir lächelt
ein bißchen und ich gehe auch schon
gebe ihm meine Hand fühle deutlich
fünf kalte klebrige Finger
dann
        aber

als ich nach seinem Namen fragen will
und mich zur Seite wende
die Linie der Wangen
sein spitzes Kinn
da
plötzlich
war er
auf einmal
du

Jäh
zusammengefahren
zerschreckt
taub dunkel durchnäßt
ein einziger starrer Körper
ausgeräumt vor Grauen und Scham

Dumm
bin ich geblieben
unanrührbar und ahnungslos
dümmer
als jeder elende Hund
der noch bevor er den Kopf senkt und stirbt
einen verkleideten Bettler erkennt
der heimkehrt
in die Liebe

Glückliche Wendung

Spätestens
jetzt werden wir
alles vergessen müssen
und unauffällig
weiterleben wie bisher

hoffnungslos
würden wir sonst
immer wieder
die Lusttaste bedienen
gierig verhungern müssen
und uns nie mehr
erinnern können
an das Glück

Befund positiv

Zuerst fast panisch
dann besinnungslos
die Eingeweide umklammert
und von selbst irgendwie
aufgetaucht

Längeres Durchatmen

Bei klarem Bewußtsein
möglicherweise
noch
eine gute Zeit

Kaum mehr Erregungszustände
bemerkenswerte Duldsamkeit
bei verschärfter Wahrnehmung

Glaubwürdiges Allgemeinverhalten
ansprechbar
verständig
in besonderen Fällen sogar
entschieden erfindungsfähig
und über Erwarten hilfsbereit

Soweit
befriedigend
wiederhergestellt
selbstgenügsam ruhig und heiter
gelegentlich auch schon
unauffällig glücklich

Später allerdings
zunehmend Verdacht
auf Beitritt in karitative Vereinigung
infiziert wahrscheinlich
vom Verlangen
nach Sinngebung
für den Rest des Lebens

II

Überlieferung

Der Mensch
ist dem Menschen
ein Hominide

Ewiges Rätsel

Was der da
übern Boulevard karrt
auf einer wackligen Pritsche
drei Etagen voll
angestaubter Kakteen
Stummelware
mitten im dicksten
Nachmittagsverkehr

Wie der so
weiterzieht ranzig verpacktes
Gesicht ohne viel Augen
blöde Zuversicht um den Mund
schütter wehende lange Haare
die Arschbacken quadratische Klumpen
schlingernder Busen aber vorn
nichts zwischen den Hosenbeinen

Komischer Job und dabei
ein ganz stämmiger Typ irgendwie
ich meine wenns
überhaupt
einer war

Lebendiger Beweis

Eigentlich
hätten sie
nie Kinder haben wollen
erklären
Eltern
Freunden
in Gegenwart ihrer eigenen

Anzunehmender Ausgleich

Bevor jene
alten Frauen
das Leben und ihre Zeit
noch segnen können
stürzen die Söhne sich
Hals über Kopf
in einen anderen Schoß

machen dann
neue Mütter
aus ihren jungen Frauen
die vielleicht später
erst wahrnehmen werden
wie recht ihnen schon
längst geschehen ist

Einfach erblicher Abgang

Wie unberechenbar
eigensinnig das Kind
doch allmählich wird
erzählt er
                nach unserem
wiedermal mitten im Satz
vertagten Gespräch gerade
noch an der Wohnungstür
vorgestern
                zum Beispiel
hat es Freunde
eingeladen übers Wochenende
ein paar Stunden mit ihnen gespielt
sich dann lustlos zurückgezogen sich
eingeschlossen in seinem Zimmer
und gewartet
bis endlich
alle
verschwunden waren

Geschafft

Als sie sechsundzwanzig waren
und noch gerade studierten
versprachen sie sich
niemals Geheimnisse
und absolutes Vertrauen

Als sie achtundzwanzig waren
und so in etwa etabliert
deutete einer dem anderen an
die letzten Dinge vielleicht die
brauchten schon noch ihre Zeit

Als sie einunddreißig waren
und im eigenen Haus
an einem stillen Abend
nah beieinander saßen
fingen beide plötzlich
fast gleichzeitig
zögernd zu reden an
ihr Vater
sei eigentlich gar nicht
Ingenieur
sondern
nur Elektriker gewesen
und
sein Vater
sei eigentlich gar nicht
im Krieg gefallen
sondern

nie existent gewesen
d. h. unbekannt d. h.
er nämlich sei
genaugenommen
ein sogenanntes
nun ja
eben ein
uneheliches Kind

Gar nicht entspannt

Sowas
Kleines
Handliches
aus Südostasien
stellt er sich vor
im Büro sogar
hinterm Schreibtisch
zu nehmen
doch seine Frau
an der Kette um den Hals
ein Schrumpfglied
auch von da unten
pfeift ihn gleich wieder zurück

Kino draußen

Gerade noch riesengroß ein Glas
mit sprudelndem Alka Seltzer da
reißt der Film Licht an Pfiffe
dann aus und weiter im Snack
dafür jetzt ohne Ton aber hinten
liest einer laut die Untertitel
auf deutsch bis die oben wieder
in ihrer eigenen Sprache neben mir
befummeln sich zwei am Rand der
quatscht andauernd schiebt dabei
seinen Hut hin und her eingeblendet
zwischen den Feuerleitern Hinweis auf
letzte leider mangelhafte Kopie bitte
Verständnis usw. stell dir New York
bei Nacht und Nebel vor stell dir
New York komm aber nicht drauf
um mich herum furzen nacheinander
ein paar jedenfalls der Gestank
ist nicht der gleiche vorn klappen
die Sitze hoch im Abspann laufen
die Namen rasend schnell Foster
Foster Harris Palantine onduliert
und grau Harris Leonard Harris

Kurz vor neun draußen tatsächlich
einen Platten stehenlassen die Karre
aber kein Taxi zu sehen nach zwölf Minuten
schon mal der Bus aber fünfzig Mark
hören Sie geht beim besten Willen nicht

also zu Fuß eine halbe Stunde ziemlich
windig und kalt und kaum Leute
unterwegs an der Einfahrt drüben
zwei farbige US-Soldaten vor ihrem Bau
sie lachen und einer fegt
mit dem Lauf seiner Dienstpistole
die Schirmmütze des andern vom Kopf
Zähne blitzen im Neonlicht
und plötzlich
                    schnapp ich es wieder
der Typ mit dem Hut
als Robert de Niro
den Schwarzen anschießt der
mit der Ladenkasse abhauen will
hat der Typ mit dem Hut
einfach Beifall geklatscht
das wars überhaupt
er hat einfach
geklatscht

Anzeige

Für die Versicherung aller
besitzergreifenden
Dinge des Lebens
wirbt
an der Siegesallee
ein verdienter
branchenerfahrener Torso

vor sich im Halbkreis
eine Gruppe
neu eingeschworener Kunden
deren Policen als Schärpen
drapiert sind
rund um ihre
Zwangsjacken

Dutschke was here

Wie die Geschichte so
weitergeht wenn der Volkszorn
arbeitslos durch die Straßen streunt
wie ein Hund der keinen Baum findet
an der Haltestelle vor der zuschnappenden Tür
eben noch in den Bus wischt den Schaffner anpinkelt
einer Hausfrau in ihre Einkaufstasche springt
endlich die erste bessere Dame ankläfft
die sich nicht auskennt und zuviel fragt
Mensch muß nun auch die Hausfrau selber sagen
doof geboren und nichts dazugelernt da sind
die Türken ja heutzutage intelligenter

Wie gründlich alles
verpaßt wird wo doch
ein alter Feind unerkannt
auf der Bank gegenüber sitzt
befriedet in seinem Ringbuch blättert
handschriftliche Notizen ergänzt ab und zu
den Kopf hebt und aus dem Fenster döst
nur dieses Profil vielleicht
Haare Nase kräftiges dunkles Kinn
na klar den hätten sie allerdings
fast schon mal was erleben lassen

Wie die Sache sich
wendet als er aussteigen will
und hereinströmende Schüler ihn
der Hausfrau in den Rücken schubsen

Sie Flegel was drängeln Sie denn
verzeihen Sie bitte sagt er jetzt
heiser und melodiös verzeihen Sie
aber ich habe nicht gedrängelt
ich bin geschoben worden ich habe nie
auch nur die Absicht gehabt zu drängeln
mein Gott sowas kichert sie zurück
sowas Reizendes von einem jungen Mann

Herbst 77, Buslinie 19, Kurfürstendamm

Berufung

Wenn nur seine Eltern
danach gewesen wären
hätte er auch
Pflanzenzüchter
werden und zum Beispiel
bitterfreie Lupinen faserreiche Hanfsorten
oder nikotinarme Tabakstämme entwickeln können

da sie aber
ein Importgeschäft
vornehmlich
feinste Reptilienleder
betrieben und ihrem Sohn
noch bevor er zur Schule kam
ein Terrarium
schenkten mit Eidechsen Schildkröten
und harmlosen kleinen Schlangen darin

hat er dann doch schließlich
Zoologie
studiert sich sehr bald allerdings
fast aus Protest
auf Amphibien
spezialisiert genauer gesagt auf
die Frösche der tropischen Regionen

Als verdienstvoller Forscher
gilt er inzwischen weithin anerkannt
ja berühmt geradezu sind insbesondre

seine fünf Abhandlungen
über den westafrikanischen Goliathfrosch

er selbst hingegen fühlt sich allmählich
schon etwas alleingelassen redet zuweilen
mit einem schiefen Lächeln davon
wie vergeblich ihm alles erscheint
wenn er bedenkt daß im grunde
nur zwei seiner Kollegen wirklich
verstehen können was er zu sagen hat
einer in Bukarest und der andere in Bergen

Selbst ist der Nächste

Fulminante Diskussion
heute abend wieder
und alle auf dem Podium
ohne Ansehen der Person
geistesgegenwärtig
aus dem Feld geschlagen

Bleibt nur noch
nach einem zugegeben
einsam glänzenden Abgang
am Büchertisch im Foyer
eins der eigenen Werke
in zweiter Auflage
immerhin
zu kaufen

Wer was zu melden hat

Er
rammt ihr den Ellenbogen
zwischen die Brüste
und schubst sie beiseite
doch wohl
völlig bekloppt
sonem faulen Stinker
auch noch die Tür aufhalten
Drecksäcke mit nichts
als ner Knarre im Maul
die wolln uns allemachen für unser Geld
und meine hilft denen auch noch
komm du mir nachhause
altes Weib und so dämlich

Sie
will es gar nicht gewesen sein
hängt sich gleich wieder bei ihm ein
und sagt keinen Ton
dreht ein bißchen an seinem Mantelknopf
schiebt mit der Fußspitze
Kaugummipapier hin und her auf dem Boden
nur
rot ist sie geworden
und ihre Brillengläser sind
ganz beschlagen

Darum

Daß die bürgerliche Aufklärung gescheitert ist
darf behaupten
wer auf die Frage
warum er
nach einer Jugend
in bester Gesellschaft Marxist
Marxist im weitesten Sinne
geworden sei
ohne zu zögern antworten kann
ganz sicher nicht
aus irgendeiner Art von sozialem Mitleid

Quarantäne

Wie denn
sich niederlassen
bei einem Typ
dessen Wohnung noch nach den falschen
Gebissen akademischer Lehrer riecht
der zu allen Mahlzeiten sich
sechs Löffel Trockenfutter
einweicht und Vitamine schluckt
der seltenen Gästen ein Viertel herberen
Wein einschenkt und die Flasche sofort
zurück in den Kühlschrank stellt
der einen reinen Atem hat
aber Staub in der Stimme
und nachts mit den Zähnen knirscht
der sein Bett schmal hält damit er
bei sich bleibt und seine Grenzen erkennt

Schnell doch
schnell aufbrechen
zu den Lagern hinter der Stadt
wo die Matratzen dicht an dicht
liegen und es wimmelt wie
in einem klebrigen Massengrab
wo die Pestkranken sich
naß und gelb unter den Laken häuten
Fiebergelee aus ihren Wunden kratzen
Choräle anstimmen bei denen wiederkehrend
jeder nur einen einzigen Namen schreit

Hier vielleicht
werde ich bleiben
während der Epidemie und mich inzwischen
von Absonderungen ernähren
Eierlikör
zum Beispiel habe ich sagen hören
macht auf die Dauer immun
süßer
unendlich viel süßer soll er ja sein
als die Milch
meiner eigenen
unerreichbaren Brüste

Immer dasselbe

Sogenannte Werkstattgespräche
                                                                      und wieder
    alles großartig vorangetrieben
verqualmt verfaselt eine ganze Menge
Urquell Bommis und leicht Geharzten
zuletzt noch diese Buchhändlerin
die unbedingt mal Frank O'Hara
einladen will gegen Mitternacht dann
wie üblich Krallen in meinem Nacken
irgendein Auto sehr freundlich danke
im Schrittempo über die Brücke
rote Schlußlichter gelbe Nebelscheinwerfer
stadteinwärts zum allerbesten Hotel
in einen Sektor der Drehtür plötzlich
Platzangst und Schwindelgefühle Achtung
der Marmorboden ist glatt am Tresen
ein älterer Ungar klar doch sicher
seit fast dreißig Jahren
                                                     nun also
    zweihundertsechsundzwanzig
das ist zweite Etage plus der
Hausnummer früher in Bremen bzw.
eben diese Postleitzahl minus zwei
oder das gerade laufende Jahr durch drei
der Lift das ist Flohr-Otis
vielleicht auch mal Armin Tenner
der Schlüssel das ist
Zeiss Ikon oder Zeiss Ikon
das Zimmer ein Standard-Container der nach

Heizung Teppich und frischer Bettwäsche riecht
das Obst auf dem Tisch in Zellophanpapier
das ist Kunst für den Gast
Oldenburg oder so ähnlich
das Bad mit zwei Waschbecken immerhin
das ist grüne Schmierseife Algemarin
und Tissues für den Lippenstift
das WC wenigstens das WC
hat eine nie dagewesene Spülvorrichtung
keinen Hebel seitlich zum Drücken keinen
Porzellanknauf an der Kette zum Ziehen
das hat eine schwarzgraue Hartgummiqualle
zwischen den Fliesen auf die ich treten kann
jetzt mit meinem nackten heißen müden Fuß

Sogenannter Morgen
                    und wieder
  kein Frühstück mehr
um diese Zeit dafür aber
rechts hinter den Chintzvorhängen
Krach vom Verkehr auf den Straßen
links hinter der Polstertür
Krach von den Staubsaugern auf dem Flur
am Kopfende gleich nebenan
gutgelaunt eine deutsche
Männerstimme die tönt
»much work?!« und
nach einer Pause
»always the same
nich!?«

Sätze aus dem Nähkästchen

Die Moden
                    kommen und gehen
    der Druckknopf bleibt

Die Verhältnisse
                            kommen und gehen
    die Arbeit bleibt

Die täglichen Tode
                                kommen und gehen
    das selige Leben bleibt aus

Aphasisches Ende

Wenn keine weiteren
Mordmeldungen
vorliegen möchten wir nun
angesichts der näherrückenden
Geiherstunde
unsere Diskussion
über die nötigen
Schreiräume
in einer Gesellschaft
verenden und abschießend
feststellen daß alle zunächst
überredensgroß
erscheinenden Probleme
doch noch gelöst
und sozusagen einem
Begattungsinstitut
übergeben werden konnten

III

Eröffnung

Später
wenn wir uns
selbst erkannt haben
sind wir nicht unbedingt
schon geheilt aber
die Mauern
unserer geschlossenen Anstalt
haben wir jetzt
niedergerissen
können zutraulich grinsend
allen wieder gegenübertreten
sie begrüßen und einnehmen
mit unseren wahnsinnig
zärtlichen wirren
Reden

Zweifelhafter Morgen

Heute am Frühstückstisch
eine Postkarte aus Maine
knallroter Spielzeugtraktor
grüner Anhänger beladen
mit einer riesigen
d. h. original- d. h.
mittelgroßen
Kartoffel

Sofort
aufgehört zu kauen
und erkenntniswillig
d. h. -beflissen d. h.
lustlos herummeditiert
über die Verhältnismäßigkeit
aller für wahr genommenen Dinge
über den Gummilinseneffekt
im Reich der Wünsche
über die Selbsttäuschungen
eines noch so langen Lebens

Auf der anderen Seite
schreibt da jemand
aus einer zugegeben
seltsamen Stimmung heraus daß er
in jenem gar nicht seltsamen Land
die allerseltsamsten Geschichten macht
zu deren menschenwürdiger Erklärung
eine höchst seltsame Philosophie
freilich erst zu erfinden wäre

Inzwischen
völlig verquer
der Kaffee natürlich kalt
Honig vom Brötchen gesickert
dicke Salzkruste auf dem Ei
kein bißchen wach geworden
und der ganze Tag schon verdorben
nur
    wieder
diese öde blauweißrote
Briefmarke vor Augen
übrigens
ist sie auch
gar nicht
abgestempelt

Schon genug

Unterwegs pickt der Spatz
schnell nochmal
in der Bananenschale herum
setzt mit drei Sprüngen
von der Bahnsteigkante zur nächsten Pfütze
trinkt ein paar Schluck
wartet den Schnabel erhoben
bis die Kurswagen vorbeiziehn
schwingt sich dann
leicht über die Gleise
landet in Fahrtrichtung
und scheißt
auf eine blanke Schiene

Berechnender Dilettant

Diese Uhr
    habe ich jetzt
        zweieinhalb Jahre
    inzwischen geht sie
        fünfzig Minuten vor
und kaum jemand wette ich ahnt
    wie unterhaltsam das ist und
        wie jung es einen hält

Ich warte noch
    bis die Stunde voll wird
        sechs Monate ungefähr
danach
            kann es nur langweilig werden
    exakt eine Stunde
        das wäre ja
            wie wenn sie richtig ginge
ansonsten
                zurückstellen
    das ganze von vorn
        schon der Gedanke allein
darüber hinaus
                        weiterrechnen
    kommt erst recht nicht infrage
        das wäre ja
            doch wohl zu kompliziert
    und letztenendes
        auch wieder
            kein Spiel mehr

Kunst und Leben

Die Sixtinische Madonna
zum erstenmal im Original
gesehen und mich nur noch
gefragt warum denn
Raffael ausgerechnet
überlebensgroß
diese Weihnachtsoblate
abmalen mußte die sowieso
keiner mehr ausstehen kann

Die Pathétique
nach längerer Zeit
wiedergehört und den Verdacht
nicht losgeworden daß auch
Tschaikowsky gelegentlich
für Hollywood gearbeitet hat
die Mittelsätze zumindest
das heroisch marschierende
Allegro vivace neulich
am Ende von diesem
vaterländischen Western
das war schon deutlich

In einem alten
Film von Godard
gesessen und gerade
eben noch soviel
Wind um die Ohren
als würden mir da

vom Fotoreporter des Magazins
Intellektueller Wohnen
ein paar längst archivierte
Nummern kurz wieder vorgeblättert
während Anna Karina immerhin
ungefragt aus dem off kommentiert
daß der Meister diese dunkle Brille
nämlich nicht trägt weil
seine Augen so schlecht sind
sondern sein Universum zu groß

Unsere Natur dagegen
wie unmittelbar verläßlich
wie überschaubar etwa
die eigene Verdauung
beruhigend einfach
von Fall zu Fall
dazuhocken und nachzuvollziehen
was man vor ein zwei Tagen vielleicht
jeweils alles zu sich genommen hat
rote Beete zum Beispiel Spargel Spinat
Mohnkuchen Leinsamen Feigen
manchmal auch Pepperoni oder andere
scharfe Sachen kommt immer ganz
auf den lebendigen Zusammenhang an

Korrektur

Fünfundzwanzig Jahre lang
aus dieser
Hochglanzphotographie
freudestrahlend allen entgegengekommen
seht sie nur
winkend küßchenwerfend
unsere allerliebste kleine
Königin bei der Parade der Sonnenblumen

Bald darauf dann
ernste Trübungen
Oberflächenverlust
auf Anraten von Experten
zurück ins ursprüngliche Wasserbad
mit ein paar entschleiernden Tropfen
in die Zange genommen hin und her
ventiliert und anschließend
vernünftigerweise
matt
getrocknet

Seit neuerem jetzt
robust beschichtet strapazierfähig
und durchaus
handhabbar
für den täglichen Gebrauch
ein etwas gröberes
Bild von einer Frau
die schon auch selbstgerecht zu verstehen gibt

daß auf ihr niemand mehr so leicht
einen Fingerabdruck hinterlassen wird

Gewinnender Anblick eigentlich
und doch
doch bringt
die Chemie der Erinnerung
immer wieder
jenen ersten Schimmer
hervor
allen Schmelz
der nun verloren ist

Anfang August

In meiner Landschaft
meiner wüsten verworrenen
weithin zypressensüchtigen
Landschaft ist plötzlich
kein einziger Totengräber mehr
zu sehen nach diesem Wolkenbruch

Von den Hügeln sind sie
durchnäßt in die Baracken gehetzt
hängen bei Schnaps und Streuselkuchen
verschlagen über dem Tisch reizen
in einer letzten Runde ihr miserables
Blatt aus vor der Entlassung

Jetzt aber wird das Feld
geräumt Hacken Spaten und Seile
hastig verscharrt nichts mehr
gar nichts mehr zu begraben
Denkmäler längst unterspült
Statuen abgesunken Marmorbilder
alle umschatteten Engel ausgelöscht
von der braunen locker blühenden Erde

Nur Gießkannen stehen noch draußen
große gelbe Gießkannen mit Regenwasser
wieder bis zum Rand Lichtgefäße
flüssige Sonnen die eine Nachricht
blinken in unsere offenen Augen

Komm
komm doch wir wollen sie
einsammeln und aneinanderkoppeln
zu einem langen Löschzug in den Herbst

Gütiger Himmel nie
hätte ich soviel
heulen können

Lösung

Im Traum
nicht einmal mehr
suche ich
mein verlorenes Paradies
bei dir

ich erfinde es
besser allein
für mich

In Wirklichkeit
will ich
einfach nur leben
mit dir so gut
es geht

Haus Hof und Naturen

Jeder für sich schon
dann auch wieder zusammen
ein bißchen zeitraubend
vor- und zurückgelebt
seit längerem einander
abwartend leicht bewegte
Wochenenden auf diesem Hof
you in your hammock a thousand
miles away und angehalten back home

Die Rosen im Glas auf dem Mühlstein drüben
leuchten vielleicht in den nächsten Tod
oder größere Tage wenn sie uns folgen
du schwingst jetzt neben dem Feuer
und ziehst den Himmel nach Schwalben
sagst du seit Jahren habe ich keine
Schwalben gesehen Porzellanmuscheln
am Mast blanke Notenköpfe über Land
Windböen nun Flachshaare voller Ruß
zerfetzter Wetterbericht aus dem Radio
liegst du auch gut lieber noch ein
Reisstrohkissen fest in den Rücken
ist dir auch warm genug unter der Decke
Mumie du heimlicher kleiner Körper
irgendwie dankbar manchmal dich so
hinfällig zu sehen still und behaglich

Grau allmählich hinter dem Scheunendach
Wolkenhaufen drängendes Hagelgas schnell

das Feuer zum letztenmal den Staubsauger
rückwärts in einen funkensprühenden Schoß
nein bin nicht der Mann mit dem Asbestanzug
du aber leg endlich diesen Eheschinken weg
kaum mehr die Hand vor Augen außerdem
Nina und George kann doch wohl nur
ein Schlagerpaar sein komm her langsam
in die Veranda Tee aufgesetzt ja nicht
meinen parfümierten puren China für dich
Bienenstich haben wir auch nun mach aber
riechst du denn nichts gleich fängt es an

Ganze Ströme schräg gegen die Fensterscheiben
die Fuchsien draußen hinüber viele Gewitter
waschen den Köhler rein unter der Woche klar
Zwergschule alles gehabt die Kühe nebenan
werden bald ihre Milch sauer verpissen
Champignons auf der Wiese mich jedenfalls
kriegt niemand mehr vor die Tür hier aber
auch nicht gerade gemütlich soll das
bäuerlich sein rundum Pudding verkleckert
triefende Knoblauchsoße auf dem Bastardrücken
von Herrn Schmitz Drecksfische und Fliegen
an vergammelten Klebestreifen über der Lampe
nur kein Theater sicher ich hätte ja schließlich
genausogut natürlich mußt du dich schonen komm
sei jetzt nicht so trink einen Schnaps mit mir

Weich beruhigter Regen im Hof beim Licht
der Laterne glänzen die Pflasterkuppen
aus einem lehnenden Karrenrad werfen zwei drei
Speichen vage Uhrzeigerschatten gegen die Mauer
Viertel nach eins fünf kurz vor halb eins drei

wie spät sind wir denn erinnern wir uns
anders inzwischen zufällig unwiderruflich
wie werde ich dich behalten entfernter grün
Waldmädchen damals Pilzfee Kräutermarie
oder näher immer näher dann weiß erstarrt
eine Schneeflocke neben mir dieser Wirbel
nur wieder ewig dieser Wirbel ehe wir uns
winzige Kristalle schweigend auf einmal
ergreifen verwehen und vor dem letzten April
einen Moment lang noch beide aufblühen im Bach

So oder so

Schön
geduldig
miteinander
langsam alt
und verrückt werden

andrerseits

allein
geht es natürlich
viel schneller

Launiges Treiben

Na großartig
eine ganze Menge schon
eigenhändig ausgeschabt
mit zusammengebissenen Zähnen
Verfärbungen blinde Flecken
heimlich entstellende
Auswüchse und Krater
daneben auch gleich
fast allen
selbstbetörend spiegelnden
Flitterkram von früher
nur da
dieser eine
älteste
unfaßbare
Widerhaken in meinem Nervenkostüm
spukt noch herum reißt mich einfach
überfallartig auf holt aus mir
abstoßend hohe
schrill verstimmte Töne hervor

Ich glaub mein Schwein pfeift
gebe ich an
weil
so könnte jeder reden
ich bestrahle mich
infrarot
weil
Wärme ist immer gut

ich kippe hastig
Kamillentee runter
weil
der soll ja lindern
ich schlinge
um dieses Ding zu fassen
rohes Sauerkraut in mich rein
bis es mir zu den Ohren
ergebnislos wieder rauskommt

Ein Anblick ist das
komisch
ich finde mich gar nicht
zum Lachen
aber irgendwie
nehme ich es mit
Humor

An diese Küste

Für G. P. S.

Aus den zerschundenen Straßenzügen
südwestwärts
in einen letzten großen
geheimgehaltenen Wald
aber auch hier
Brände unübersehbar Brände
die erst der Winter gerade gelöscht hat

Fahle hohe Alleen entlang Galerien
rissiger Buchen Eschen und Ulmen
von den verkohlten Zweigen herab
hängen Krähen und graue Eichhörnchen
erstarrt an schlingernden Sehnen
aus dem Baumkronendach blindgefrorene
Scherben Himmel hart mit auf den Weg

An einem Felsvorsprung über der Küste
erinnert endlich warum und wohin
nah beieinander stehengeblieben
Moosnarben ringsum Flechten welke gelbe
Farnblätter zitternd bis zu den Knien
dein pochender Hals an meiner Schläfe
Sekunden noch und dann ein anderes Jahr

Wie still es auf einmal ist wie die Luft
sich löst und es allmählich wärmer wird

Unten in der Lagune siehst du
ist es schon Mai aus dem Nebel

da in der Ferne auf den Kiesbänken
weit hinter den Klostermauern
schimmern wahrhaftig deutlicher nun
jene sagenumwobenen Schwäne hervor
matte weiche milchige Körper und Hälse
eingerollt zu unendlichen Schleifen

Seit Jahrhunderten werden die Mönche
uns glauben machen seit Jahrhunderten
hat sie niemand mehr
singen hören

Vereinbar

Ganz nackt
endlich
in einer anderen
lebendig wachenden Haut
sich bereinigen
lassen
          argloser
Körper vergib mir doch
meine immer wieder
herausfordernd
zur Rede gestellten
Abende solange
du kannst

Gewisse Verbindung

Nachts
          muß wohl
    im Traum gewesen sein
hat ununterbrochen
das Telefon geklingelt
ruhig
        gleichmäßig
    wie Atemzüge
von einem abwartend
lebensbedeutenden Körper

Morgens
            diese Art
    Anrufungszeichen
fast schon vermißt
                              rübergelaufen
zur Telefonzelle neben der Zeitungsbude
die eigene Nummer gewählt und den Hörer
ins Buch zwischen die Krüger-Seiten gesteckt

Zuhaus
            lange
    auf den wieder leise
surrenden Apparat gestarrt
                                        abgehoben
und sofort deutlich die Straßenecke
am anderen Ende der Leitung vor Augen
ein Diesel der bremst ein jaulender
Schäferhund auf dem Zebrastreifen

Bierfahrer die klirrende Kisten verladen
ein Pulk Schüler in Richtung Bushaltestelle
zwei Alte auf der Bank hinter den Büschen gröhlen
und trommeln gegen die Papierkörbe rechts und links

Nach einer Weile
wird drüben
die Tür aufgemacht
jemand raschelt den Hörer hervor
und brüllt aufgeregt hallo rein
hallo ist denn da wer
möglich ist alles
gebe ich zu
aber er fängt jetzt erst richtig an
was soll denn der Quatsch was
bilden Sie sich überhaupt ein
ach
sage ich nur
gar nicht mal ungeduldig
halten Sie sich da
raus

Nur die Adresse

Wie leicht sich
aus der Entfernung
ein überwältigend
gemeinsames Leben
so hinschreiben läßt
das Luftpostpapier
ist ein Laken das
knistert vor Verlangen

Vier Tage nur
hat der Briefträger
dann noch gebraucht
um herauszufinden
in welcher Straße
ich wirklich wohne

Aufenthalt

Unbeschreiblich
ist es gewesen einfach
erdvergessen hell klar weit
und fast schwerelos frei
über der Hochebene von
sagen wir Arizona
nicht ungefährlich
natürlich denn wer
hält sich schon
lange allein
in der Luft

Zufällig
neben der Landebahn
im Augenwinkel noch
diesen Wegweiser entdeckt
wackliges Versprechen von
sagen wir Eldorado
ein paar Meilen zu Fuß
ermüdend steinig
vielleicht aber wer
wäre nicht irgendwie
neugierig auf so ein Nest

Tatsächlich
läßt sich dann
auch nur erleben daß es
gewöhnlich zugeht wie in jeder

grundordentlich sagen sie immer
und rechtmäßig verabredeten Gemeinde
entweder zufrieden angezogen
erscheinen bei den besseren Empfängen
oder leicht abgerissen
herumwinseln an den Hintertüren

Vorläufig
in einem ihrer
täuschend sauber und
ähnlich herausgeputzten Gärten
abwartend auf der Schaukel
am Straßenrand sehe ich
verwesen jetzt meine Flügel
der Wind wenigstens steht gut
noch muß ich mich nicht riechen
statt dessen flattert das was sie
beschwörend Banner nennen
lustig gesternt und gestreift
einladend mir vor die Nase

Endgültig
absteigen und vernünftig
nutzbaren Boden gewinnen
erlaubt man sich zu empfehlen
die Bedingungen wären günstig
auch ein Job gar nicht ausgeschlossen
seit längerem suchten sie jemand der
in der Ehrenhalle ihr Wappentier pflegt
den goldenen Adler täglich neu aufpoliert
und ich gerade sollte lebendig oder tot
doch Erfahrung haben mit diesem Gefieder

Bestürzt
halte ich nun
wirklich an bleibe wie gelähmt
vor einer solchen Aussicht stehen
Heiliges Haustier denke ich wer
hat sich denn hier vergangen
nicht einmal sicher ob und wie
ich jetzt mich oder den Vogel meine
jedenfalls möchte ich meinen Blick
unwillkürlich nach oben richten
versuchsweise zumindest leise ratlos
ach Gott sagen aber
der ist in dieser Gegend
schätze ich auch nur
der Stellvertreter des
Sheriffs im Himmel

Das eine und andere Exil

Für Zbigniew Herbert

Wie Sirins Romanfigur gestern
tatsächlich den Paß verloren
den Paß die Brieftasche
und eine Ansichtskarte aus Delft
Chevalier seul heute im gewöhnlichen Grandhotel
Gynäkologe auf einer Männerinsel
unter Halunken die Träume zertreten
mit ihren derben krötenledernen Stiefeln

Wer nicht genießen kann an dieser Tafel
wird den Wein angehen viel heillosen Wein
den Lorbeer zerrupfen aufspringen
über Velours in die Halle stolpern
und sich niederlassen an einer Marmorsäule

Mikado spielen wir dann auf dem Boden
ein paar Dutzend runder weißer Finger
Gitanes verstreut die Lakaien kommen
wollen uns sacht abschieben in den
blauen Salon nein sage ich danke
wir fühlen uns wohl zwischen Abreisenden
wollen sofort noch ein weiteres
Taxi rufen nein sage ich danke
wir werden uns melden wir

Wirklich entschieden Grenzen gezogen
habe ich noch gedacht aber du
warst lange darüber hinaus

die Poesie Liebe
hast du auf einmal beschwörend gesagt
die Poesie
das ist ein bißchen
Freiheit machen

Solitär

Vom Flutlicht eingekreist
und diesem
lächerlich
eitlen
Kleeblattschatten der mich jagt
finde ich
an einem toten Punkt
endlich mein eigenes
magisches Auge wieder
kann jetzt
die Schädeldecke
über dem Stadion öffnen
und mir die Sonne
taghell in alle Farben zerlegen
alle Farben der wirklichen Welt
soweit ich sie nur
erreichen will

Inhalt